KB064486

여전히 사랑이라고 말하고 싶은

_____에게

여전히 사랑이라고
너에게 말할 거야

Illustrations:
For the cover: © Jack Koch
For the illustration of the Bourbon Kid's text: Léonard de Vinci, *La Joconde*.
Musée du Louvre. © Electa/Leemage
For the illustration of Cynthia Kafka's text: Silvestro Lega, *Portrait d'Elénore Tommasi*.
Collection privée, Milan. © Electa/Leemage.

Text:
© La Librairie Générale Française, 2018

Korean translation copyright © 2019 THE FOREST BOOK Publishing. Co
Published by special arrangement with La Librairie Générale Française in
conjunction with their duly appointed agent 2 Seas Literary Agency and co-
agent KOLEEN AGENCY.
All rights reserved.

이 책의 한국어판 저작권은 콜린 에이전시를 통해
저작권자와 독점 계약한 도서출판 더숲에 있습니다.
저작권법에 의해 한국 내에서 보호를 받는 저작물이므로
무단 전재와 무단 복제를 금합니다.

여전히 사랑이라고
너에게 말할 거야

밥티스트 볼리유 외 글
자크 콕 그림
김수진 옮김

더숲

내가 간직했던 사랑의 정의를 찾아서

나는 소설을 쓸 때면 되도록 그 분야 전문가들에게 자문을 구한다. 그래야만 내 소설이 '사실'처럼 들릴 테니까. 소설에 관해 질문하고자 한 원예가를 찾아갔다. 그와 함께한 지 10분이나 흘렀을까? 능숙하게 화초를 다듬던 그가 갑자기 기력 없는 목소리로 말했다.

"오랫동안 저는 장미 가시를 없애달라는 손님들의 부탁을 거절했습니다…."

이 말을 시작으로 그는 손님들이 꽃을 '있는 모습 그대로' 받아들이게 하려고 매일같이 얼마나 싸워야 했는지 들려주었다.

"결국 작년에 제가 두 손을 들었답니다. 그래도 꽃이 하나의 오브제로 남지 않도록 제가 할 수 있는 일은 다했습니다."

그의 마지막 말은 지난 몇 주 동안 마주한 그 어떤 문장보다 아름다웠다. 아니, 지난 한 해 동안 들었던 말 가운데에서도 단연 으뜸이다. 단 하나의 속임도 없기에 가장 아름다우면서 가장 슬펐다. 삶에서 우리는 어떠한가. 우리는 순전히 우리 기준에 따라 아름다운 것은 세상에 받아들이고, 추하다고 여겨지는 것은 지워버린다.

왜 세상은 가시로 가득하면 안 될까? 슬프지만 세상에는 가시가 많아야 한다. 세상은 아파야 하고, 매력을 주는 만큼 상처도 주어야 한다. 반드시 그래야만 한다. 만약 장미에 가시가 없다면 세상이 거짓말을 하는 셈이다. 세상은 절대로 인간에게 거짓말해서는 안 된다. 그렇지 않다면 우리가 자유롭다는 사실을 어떻게 알 수 있겠는가.

자크가 자신의 멋진 프로젝트에 동참해달라고 제안했을 때, 나는 단 1초도 망설이지 않았다. 그는 재능이 뛰어난 사람이기 때문이다. 또한 여러 목소리가 내보여 달콤하고, 신랄하고, 순진하고, 잔인할 수도 있는 사랑에 관해 이야기를 들려주는 것이야말로 냉소주의의 유혹이 도사리는 세상에 저항하는 영웅적인 행위이기 때문이다.

우리는 다시 본질로 돌아가야 한다. 사랑이라는 본질로 말이다. 어떤 형상을 하고 있든 어떤 옷을 걸치고 있든 여전히, 그리고 언제까지나 본질은 사랑이다.

사랑이란 무엇인가?

원예가에게 사랑이란 가시를 품은 장미였다. 그런데 그는 가시 달린 장미를 잃고 말았다. 간직해왔던 사랑의 정의를 잃은 것이다. 우리는 어떠한가? 우리가 생각하는 사랑의 정의는 무엇인가? 어쩌면 지금은 잃어버리고 없는 그 정의란 무엇이었던가?

자, 어서 이리로 와 사랑이 무엇인지 조금씩 발견하기 바란다. 우리 안에 잠들어 있는 원예가에게 다시 용기를 불어넣어야 한다. 그리고 그에게 당부하라. 우리 내면의 꽃이 오브제로 변하는 모습을 보게 될까 봐 두려운 마음에 물러서서는 안 된다고. 어떤 시련과 역경에도 믿음의 끈을 놓아서는 안 된다. 설사 우리 자신이 그것을 막을지라도. 이것이 이 책이 우리에게 들려주려 하는 이야기다. 책의 아무 페이지나 펼쳐 기억을 더듬고, 치유하여 다시 나의 꽃을 피우길 바란다.

마지막으로 이 책이 독자 여러분에게 좋은 추억, 만족스러운 치유, 행복한 꽃피움을 선사하기를 기원한다.

200명의 작가를 대표하며
밥티스트 볼리유

사랑이란…

L'AMOUR, C'EST...

사랑이란
두 사람이 동시에 눈을 들어 서로를 알아보는 것.

안젤리크 발베라 *Angélique Balbérat*

사랑은 풍선과 같다.

바람을 불어넣어
가능한 크게 부풀린 다음
서로를 끈으로 묶어둔다.
혹여 조심하지 않으면
바람이 빠지거나 터져버리고,
자칫 끈을 놓치면 날아가 버린다.
하지만 가끔은 딱 완벽해서
잘만 붙잡고 있으면
우리를 별나라로 데려다준다.

비르지니 드망쥬 *Virginie Demange*

사랑이란
너의 불완전함에조차
내 마음이 이끌리는 것.

사랑이란
30년간 아침을 함께한 사이임에도
칭찬에 금방 붉어지는 너의 얼굴.

이자벨 뒤케누아 *Isabelle Duquesnoy*

사랑이란
폭풍의 중심에서도
다툼이 계속되는 순간에도
깊은 슬럼프에 빠졌을 때에도
뜨거운 한여름에도
온전히 침묵하는 중에도
곁에 없을 때에도
온 마음을 다해 너를 다시 붙잡으면서
내가 왜 너를 선택했고
왜 여전히 너를 선택하는지 되새기는 것.

마갈리 베르트랑 *Magali Bertrand*

사랑은
당신 없이도 살 수 있었다는
사실을 잊어버리게 하는 것.

로랑 그리마 *Laurent Grima*

사랑이란
오직 사랑에 빠진 사람들만
웃게 만드는
어마어마한 농담.

기욤 시오도 *Guillaume Siaudeau*

사랑은 앞으로 나아가는 너를 위해
붙잡았던 네 손을 놓아줄 줄 아는 것.
그리고 혹시나 내 손이 필요할까
늘 너의 곁에 머무르는 것.

카롤린 부데 *Caroline Boudet*

내 삶에 폭풍이 불어닥칠 때
누군가의 두 팔이 안식처로 느껴지는 것.
그것이 사랑이다.

파니 아르망도 *Fanny Armando*

사랑이란
어둠 속에서 벽을 더듬어
스위치를 찾는 일.

가뱅스 클레망트-뤼즈 *Gavin's Clemente-Ruiz*

사랑이란,
세상에서 가장 다정한 꿈을
가장 내밀한 희망을
가장 깊은 두려움을
함께 나누는 것.

토마스 H. 쿡 *Thomas H. Cook*

사랑은 세상에서 가장 본질적인 것.
그런데 왜 이리 복잡한 걸까?

바바라 아벨 *Barbara Abel*

사랑이란 스마트폰 카메라 필터와 같다.
그것으로 바라본 세상은 모두 아름다우니까!

사만다 아빗불 *Samantha Abitboul*

사랑이란 둘만의 비밀로 충만해지는 것.

소피 아드리앙상 *Sophie Adriansen*

사랑은 함께 쉬는 아름다운 그늘.

리오넬 아크닌 *Lionel Aknine*

사랑은 죽음을 '사라짐'으로 보지 않는다.
삶으로 돌아오는 과정이라고 본다.
사랑이 없다면, 우리의 정신은
자부심 넘치는 육체 안에서
기억을 잃은 채 소리 없이 그저 머무르게 된다.
사랑, 그것은 자유다.
보이는 것, 그리고 볼 수 없는 것조차 이어주는 연결고리,
살아 있는 자와 떠난 자를 이어주는 다리다.
사랑은 우리가 다른 지성과, 다른 육체와,
다른 에너지와, 다른 빛과 함께
지금 이 순간을 공유하며 존재한다는 사실을 깨닫게 한다.
우리 존재에 의미를 부여하는 것은 오직 사랑뿐이다.

스테판 알릭스 *Stéphane Allix*

사랑이란
지난밤 누군가를 지켜본
또 다른 누군가를 부러워하며,
그 누군가들이 우리라는 사실에 행복해하는 것.

카미유 앙솜 *Camille Anseaume*

사랑한다면, 결코 상대방을 완벽히
이해할 수 없다는 사실을 받아들여야 한다.
함께 식사하고, 함께 잠자리에 들고,
함께 삶을 살아가지만 그에게는 끝내 알지도,
이해하지도 못할 면이 있고,
늘 불가사의한 존재임을 받아들여야 한다.

그럼에도 조금의 주저함 없이
그에게 믿음을 주고
마음을 활짝 열어주는 것,
그것이 바로 사랑이다.

아멜리 앙투안 *Amélie Antoine*

사랑이란
끝까지 확인하는 것,
너그러움으로 바라보는 것,
습관을 강요하지 않는 것.

로랑 에사게 *Laurent Ayçaguer*

사랑이란, 밖의 외침이 우리를 위협할 때
우리 주위에 쌓아올리는 바리케이드다.

사랑이란, 당신의 감미로움을
통과해 나온 새벽빛이고 석양이며
비 오는 날들을 놀리는 듯한
당신 눈에 비친 햇살이다.

사랑이란, 당신의 웃음 폭탄에
무너져버리고 마는 나의 진지함이다.
너무도 빨리 지나가지만
세상 그 무엇과도 바꾸지 않을 삶이다.

사랑이란, 다 잘 될 거라고 당신이 약속할 때
기꺼이 당신 말을 믿는 것이다.

그리고 사랑이란, 매순간 당신을 잃을지도 모른다는 두려움과
그런 일은 일어나지 않으리라는 굳센 믿음이 공존하는 역설이다.

솔렌 바코브스키 *Solène Bakowski*

사랑은 시간의 흐름으로 치유되는 신비한 열병.

존 바소프 *Jon Bassoff*

사랑이란 끊임없이 뻗어가는 딸기 넝쿨.

클레망스 보에 *Clémence Bauer*

사랑을 할 때
복측피개영역에서는 도파민과 노르아드레날린을 분비하고,
혈액은 코르티솔에 의해 불길에 사로잡히며,
중격측좌핵은 옥시토신을 연신 쏟아붓고,
시상하부는 바소프레신의 작용으로 불타오른다.
사랑은 코카인보다 훨씬 폭발적이다.
이 모든 것이 일어나는 데 걸리는 시간은 고작 0.2초.
엉망진창, 뒤죽박죽!
그저 작은 불씨 하나일 뿐인데
커다란 불로 번져버린다.

파트리크 보뱅 *Patrick Bauwen*

사랑은 거리를 걷다 너의 손을 놓아야지 하다가도
그만 그 손을 더욱 꼭 쥐기로 마음먹는 것.

밥티스트 볼리유 *Baptiste Beaulieu*

사랑은 눈에 보이지 않지만
그 위력은 대단하다.
사랑만 있다면 단 한 번의 입맞춤을 위해
온 파리 시내를 걸어서 가로지를 수 있다.
하지만 사랑을 공유하지 못할 때는
십자가에 못 박히는 듯한 고통이 따른다.
사랑의 유효기간은 한 시간이 될 수도
한 평생이 될 수도 있다.
사랑이 찾아온 그 순간은 태양처럼 이글거리지만
그 온기가 오래 지속될 때에야 비로소
가장 아름다운 열매를 맺는다.

토니 베아르 *Tonie Behar*

사랑은 다이아몬드보다 값비싼,
누구나 가질 수 있는 유리 크리스털.

레미 벨레 *Rémy Bellet*

사랑이란 4,791킬로미터 남짓 떨어진 곳에서
"당신은 너무 멋져요"라고 말하는 이름 모를 여인.

세실 브느와 *Cécile Benoist*

학교를 마치고 집으로 돌아오는 길에
내 손에 꼬옥 쥐어진 너의 손,
부엌에 앉아 코코아 마시는 너와
내가 함께 나누는 작은 빵 한 조각,
귀담아 듣지 않는 때가 가끔, 아니 자주 있더라도
너의 끝없이 이어지는 조잘거림을 듣는 일,
너에게서 입 냄새가 난다는 네 친구 이야기에
그 아이를 단단히 혼내주고 싶은 내 마음,
항상 아름답지만은 않은 이 모든 것,
그것이 사랑.

마이테 베르나르 *Maïté Bernard*

사랑이란, 네가
하룻밤 동안,
며칠간,
영원히,
다른 사람을 찾아,
다른 곳으로,
하늘나라로,
떠났을 때
매순간 그리고 영원히
너를 그리워하는 내 마음.

로랑 베르텔 *Laurent Bertail*

사랑이란 한평생 걸어가야 하는 길이다.
그 길은 성공과 실패와 불확실성이 끝없이 반복되지만,
발을 딛는 매순간 어디서든
곁에 있는 사람들과 사랑하고 사랑받아야 한다.
한평생 걸어가야 하는 길이므로.

파스칼 베르토 *Pascal Berthod*

당신은 사랑을 아는가?
…
그러나 사랑은 안다.

니콜라 뵈글레 *Nicolas Beuglet*

사랑은 빛과 같다.
이 빛을 찾지 않으면
우리는 어둠 속으로 어느새 빠져버리지.

장-뤼크 비지앵 *Jean-Luc Bizien*

사랑이란 너의 엉덩이 위에 놓인 나의 손,
너의 입술 위에 얹은 나의 입술,
너무나 커다란 침대,
하지만 이 모든 것은 행운아들의 몫.
(사랑은 행운이므로)

처음 사랑을 만난 이들과 길 잃은 자들에게 사랑이란,
"어디야?"라는 물음.

왕이 되고 싶은 자에게 사랑이란,
바로 나 자신!
사랑은 세상의 전부이므로.

자크-올리비에 보스코 *Jacques-Olivier Bosco*

사랑이란 단 한 번의 미소로도 시작되는 감정.

부르봉 키드 *Bourbon Kid*

사랑은 설령 바람이 불어오더라도
절벽의 가장자리를 걷게 하는 것.

프랑크 부이스*Franck Bouysse*

사랑은 학창 시절 학교 복도에서
나누었던 떨리는 입맞춤으로 시작된다.
하루 종일 그 입맞춤에 관해
곱씹고 또 곱씹으며 보냈던 시간들.

사랑은 빗줄기가 보도블록을 두드릴 때
벌거벗은 채 서로 손깍지를 끼고
서로의 몸, 과거, 사소한 일들에 관해
이야기를 나누며 보낸
지루할 만큼 비가 내리던 날의 오후.

사랑은 개학을 기다리며 지냈던 숱한 여름.

사랑은 정착하기 위해
다른 모든 이들과의 과거를 잊는 것.
그리고 언제든 사랑을 찾을 수 있다고 믿는
갈 곳 잃은 마음들의 파티장을 떠나는 것.

사랑은 침대에서 마시던 커피, 깃털이 가득했던 이불,
나이 들어가는 모습과 미소 지은 모습을 담은 사진,
그리고 그 감동의 세월 위로 펼쳐진 지금의 인생.

사랑은 우리 할아버지가
할머니의 목선에 하는 입맞춤.
깜짝 놀란 나는 이렇게 생각한다.
"한평생을 같이 살았는데도?"
맞아, 그게 사랑이야.

아델 브레오 *Adèle Bréau*

사랑은 주는 만큼 받는 것.

앙드레 카바레 *André Cabaret*

사랑이란
세상에서 가장 엉뚱한 꿈을
함께 상상하며
그것이 무엇이든
다 가능하다는 사실을
깨닫는 일.

나타샤 칼레스트레메 *Natacha Calestrémé*

사랑이란, 김 서린 샤워부스에
여러 개의 하트를 그리자
아내가 키스와 함께 변치 않을
한 문장으로 이렇게 말할 때.
"당신은 최고야."

헤르만 캄 *Hermann Calm*

사랑, 이 본질이 없으면
다른 무엇도 가능하지 않다.
어떤 어둠도
이 눈부시고 찬란한 빛을
사라지게 할 수 없다.

미레이유 칼멜 *Mireille Calmel*

사랑이란
애타는 심정으로
일곱 시간
대합실에 있는 것과 같다.
아랫배가 아플 만큼 간절하게,
낯선 무리 속에서,
고약한 냄새를 스카프로 견디며
어떤 역겨운 인간도 나를 건드리지 못하도록
한쪽 구석에 쭈그리고 앉아
기다리고 또 기다리면서
당신이 무사하기만을 바라는 마음.

카뮈그*Camhug*

사랑에 관한 사람들의 말이 다 맞는 건 아니야.
달콤한 말을 속삭이는 사람들의 이야기에는 귀 기울이지 마.
그저 떠벌림에 불과하니까.
사랑에는 참을 수 없는 심각한 문제란 없지.
그렇다면 너한테 어떻게 말해야 할까? 사랑을…
사랑이란, 꿈꾸고, 웃고, 위로하고,
보호하고, 사라져버리고, 사라지게 내버려두고,
기대하고, 감행하고, 성공하고,
또 실패하는 것.

사랑이란, 살다가 어느 날 죽고, 늙어가고, 계속 사랑하는 것.
사랑이란, 너와 함께하는 하느님이자 악마이자
온 우주.

사랑이란, 자유.
자유를 박탈당하지 않는 한 아마 넌 모를 거야.
사랑은 너무도 강해서
세상에서 가장 지독한 독재자도
우리에게서 사랑을 앗아가지는 못했지!

사랑이란, 그것이 사소한 일인지 아닌지 너에게 말하는 것.

제롬 카뮈 *Jérôme Camut*

사랑이란, 1+1 =온 우주.

파비엔느 캉들라*Fabienne Candela*

사랑이란, 빌리 홀리데이♥.

스테판 칼리에 *Stéphane Carlier*

♥ Billie Holiday. 독특한 스타일의 창법으로 영혼을 울리는 노래를 부른다고 평가받는 재즈 보컬리스트. 그녀는 악보에 의존하지 않고 그때그때 자신의 가슴이 원하는 노래를 불렀다.

사랑은 뭐랄까… 참 그래.

마누 코스 *Manu Causse*

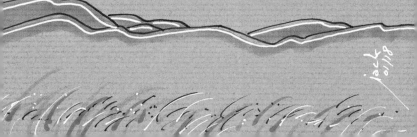

사랑이란
모든 열정이 사라졌을 때,
평생을 함께할 친구와
바로 그때부터 만들어나가는 것.

프랑스와-자비에 세르니악 *François-Xavier Cerniac*

사랑이란, 작디작은 존재인 내가
그 사람의 눈과 미소 속에서는
커다란 존재로 느껴지는 것.

필립 쇼보 *Philippe Chauveau*

사랑이란, 거친 빗속에서
내 몸을 따뜻하게 감싸 안는 태양이다.

사랑이라는 베이스드럼은
내 흉곽 안에서 비발디의 사계를
건즈 앤 로지스♥ 버전으로 연주하듯
쿵쾅거린 뒤 사라져버린다.

사랑이란, 말을 더듬거리며 춤추는
가벼운 시 한 편.
수호성인을 생각하듯 악마 같은 나의 머리는
너의 가슴만을 생각한다.

사랑, 그것은 헛된 백일몽.
나의 밤을 타오르게 하고 나의 삶을 엉망으로 만든다.

피에르-장 셰레 *Pierre-Jean Cherer*

♥ Guns N Roses, 1985년 결성된 하드 록 밴드로 전 세계적으로 많은 인기를 얻었다.

사랑은 집에 귀신이 나온다는
애인의 말을 믿게 한다.

폴 클리브 *Paul Cleave*

사랑이란
반드시, 언젠가는,
누군가 죽을 것이며,
누군가 눈물을 흘릴 것임을 알지만,
그럼에도 '예스'라고 말하기.

파브리스 콜랭 *Fabrice Colin*

사랑이란
말로 표현하지도,
볼 수도 만질 수도 없음에도
그것이 존재하며
이 순간 우리가 행복한 이유가
바로 그 때문임을 느끼는 것.

상드린 콜레트 *Sandrine Collette*

사랑이란, 오래전부터
알고 있던 것만 같은
누군가를 발견하는 일.

에르베 코메르 *Hervé Commère*

사랑이란,
누군가를 격렬히 찾는 일
(잃어버린 그녀를… 애타게 찾는 일…).

다비드 쿨롱 *David Coulon*

사랑이란
권태로움에 마침표를 찍는 열정,
이슬비 끝에 비치는 햇살,
소음을 잠들게 하는 침묵,
더 이상 가시가 없는 장미.

크리스토프 퀴크*Christophe Cuq*

사랑이란,
이른 아침을 시작하는 연인들의 입맞춤,
아이의 이마를 어루만지는 엄마의 손길,
친구의 귀에 전하는 따뜻한 속삭임.

사랑이란,
과거를 기억하고 현재를 걸어가며 미래를 희망하는 것.

사랑이란,
함께할 때 비로소 이루어지는 완전함.

제시카 시메르망 *Jessica Cymerman* 블로그명을 따서 일명 시리얼마더 *SerialMother*

사랑은 눈밭을 걸으며
네 개의 발자국을 남기는 것.

그리고 입김으로
서로의 손을 녹이며 미소 짓는 것.

산드라 골리에 샬라멜

L'AMOUR, C'EST MARCHER DANS LA NEIGE
ET LAISSER QUATRE TRACES DE PAS.

SOURIRE ET SOUFFLER SUR LES MAINS DE L'AUTRE
POUR LES RÉCHAUFFER.

SANDRA GOLLIET CHALLAMEL

사랑이란
그다음 샤워할 너를 위해
김 서린 샤워부스에 하트 남기기.

세라핀 다누아 *Séraphine Danois*

사랑을 할 땐 별을 보기 위해
더 이상 고개를 들 필요가 없다.
너를 바라볼 때마다 이미
내 심장과 눈동자는
별자리로 가득하기 때문에.

나탈리 도*Nathalie Dau*

사랑, 그것은 바람!
한여름 날 낮잠 든 나를 깨우는
시원한 산들바람.
여름에 맛보는 기쁨의 열매.

사랑, 그것은 정신을 잃을 때까지
쉬지 않고 불어대는 북풍.

사랑, 그것은 삶의 터전을 잔해로 망가뜨리고
우리를 망연자실하게 하는 태풍.

그러나 다시 그 바람이 불어오지 못하게 막을 길은 없다.

쥘리에트 드 *Juliette De*

더 이상 어떠한 두려움도 없을 때, 그것이 바로 사랑.

그레구아르 들라쿠르 *Grégoire Delacourt*

사랑이란 이해할 수 없는 일들의 확실한 증거.

샤를 들레스타블 *Charles Dellestable*

사랑이란
둘이 시작해서
혼자 혹은 함께 끝나는 여행.

소냐 델종글 *Sonja Delzongle*

사랑은 상대에게 한 걸음 다가감으로써
오히려 내게로 향하는 그 한 걸음.

앙투안 돌 *Antoine Dole*

사랑이란
함께 늙어가면서
매순간 다시 빠져드는 것.

알렉상드린 뒤앵 *Alexandrine Duhin*

사랑이란,
작은 소리에도 귀 기울이며 부르는
둘만의 멜로디.

사랑이란,
우리 안에서 타오르는 불빛.
그 빛으로 서로의 몸을 데우고
어둠 속에서 서로를 찾는다.

사랑이란,
우리 안의 여린 식물.
서로의 손길이 번갈아 머물 때
식물은 비로소 고개를 들고 꽃을 피운다.

르네 에글 *René Egles*

사랑은 나 혼자만의 것이 아니다.
상대의 몫도 인정하는 것.

사랑은 단지 말이 아니다.
사랑의 감정과 함께하는 말.

사랑은 단지 생각이 아니다.
생각과 생각 사이에 몰래 끼어드는 '느낌'.

사랑은 단지 행동이 아니다.
그 행동에 생명을 불어넣는 너의 의지.

받는 사랑은 삶에 의미와 방향을 선물한다.
주는 사랑은 진정 살아 있음을 깨닫게 한다.

R. J. 엘로리 *R. J. Ellory*

사랑은

들뜨게 하고, 기막히고, 혼돈스럽고,

숭고하고, 괴롭고, 고달프고, 흥분되고,

부드럽고, 냉정하고, 지치게 하고,

포근하고(너무 큼직해서 감싸주는 스웨터처럼),

안도하게 하고, 분명하고(그다지 그렇지는 않지만),

뜨겁고(아무 일도 없는 저녁에, 세면대에 수염들이 떨어져 있을 때,

찻잔이 그만 엎질러졌을 때, 자동차 왼쪽 범퍼에서

쿵 소리가 났을 때는 그렇지 않지만).

사랑은 그런 거야.

도대체 무얼 기대하는 거지?

다들 그렇게 사랑하잖아.

사랑이 없다면 사랑을 만들어야 하고,

몰래 하는 사랑이라면 세상에게 그 사랑을 알려줘야 하지.

하지만 아직도 난 사랑이 뭔지 잘 모르겠어.

너는 아니?

…

맞아, 그게 사랑이야.

프랑수아 데프누 *François d'Épenoux*

사랑은 머리를 쓰다듬어주고
어깨를 내어주며
눈물을 받아주는 것.

쥴리 에바 *Julie Ewa*

사랑이란
잔뜩 헝클어진 머리카락,
짙게 드리운 눈그늘,
색 바랜 낡은 청바지,
그런 당신을 바라보며
"있잖아, 너 참 예쁘다"라고 말해주는 그 사람.

아누크 F. *Anouk F.*

사랑이란
아무런 감흥 없이 흘려듣던 노랫말에
갑자기 소름이 돋는 순간.

마농 파르제통 *Manon Fargetton*

사랑이란, 서로에게
생각할 시간과 혼자 있을 자유를 주는 것….

파니 포세 *Fanny Faucher*

사랑이란,
돌진해서 터져버리는 심장.
속삭이고 상처주고 격리시키고
죽을만큼 꽃을 갈구하게 한다.
그리고 마지막 한숨을 짓고
멀어져간다.

죽을 만큼 웃었던
사랑을 잃는 것이야말로
가장 완벽한 죽음.

장 포크 *Jean Fauque*

사랑이란
이 무한한 우주 안에서
너와 내가 가장 가까이 있다는 것.

이반 포트 *Yvan Fauth*

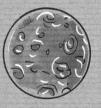

사랑이란
육체적 열정이 사그라진 뒤에 남는 것.
다정한 몸짓, 세심한 배려, 은밀한 시선,
참을 수 없이 터져 나오는 웃음은
시간과 시련에 맞선다.

클레르 파방 *Claire Favan*

사랑이란
가깝고도 먼 당신의 숨결,
파도와 바람 소리가 겨우 덮은 나의 심장 소리.

카트린 페이 *Catherine Faye*

사랑은 모든 것을 주고 모든 것을 한다.
그것이 아주 좋든, 조금 좋든,
설령 아주 나쁜 일일지라도.
때로는 탈옥을 돕고
대신 죄를 자백하기도 한다.
내 반쪽이 언제까지나 자유롭게 살고
사랑할 수만 있다면.
사랑은 모든 것을 주고 모든 것을 한다.

마크 페르난데즈 *Marc Fernandez*

사랑은 이렇게 말한다.
나의 심장, 나의 여신, 나의 경이로움,
우리 자기, 우리 아기, 내 사랑,
나의 보석, 나의 광채, 나의 태양, 나의 대지,
우리 귀염둥이, 우리 야옹이, 우리 병아리,
우리 못난이, 우리 공주님, 우리 주인,
우리 대장, 우리 올챙이, 우리 예쁜 꼬맹이,
사랑하는 우리 딸, 사랑하는 우리 아들,
사랑하는 우리 아빠, 사랑하는 우리 엄마,
난 잘 도착했어, 걱정하지 마,
한 시간 뒤에 도착해.
잊지 말고 모자 챙겨 써,
저녁 먹었니?
키스하고 싶어, 너 정말 예쁘다,
조금만 기다려, 다시 올게,
난 네 생각만 해, 너 때문에 미치겠어,
네가 보고 싶어, 너로 인해 내 인생이 달라졌어,
너 때문에 피곤해, 너 때문에 기뻐,
너 때문에 내 심장이 춤을 춰,
너에게 특별한 사람이고 싶어,
만약 우리가 결혼한다면,
만약 우리에게 아이가 생긴다면…

그럼 나의 사랑은 어떻게 말할까.

엘자 플라죌 *Elsa Flageul*

사랑이란,
정신없이 휘몰아치는 바람에서 불어나오는 신비.
그 바람을 타고 나는 내 안으로 들어간다.
별이 빛나는 밤하늘 아래서
그 찬란한 신비의 빛으로 진정한 나를 만난다.

이자벨 플라탕 *Isabelle Flaten*

사랑은 자신으로부터 완벽히 벗어나
진정한 나를 만나는 시간.

지울리아 포이스 *Giulia Fois*

사랑이란
모든 것이 제자리로 돌아왔을 때
오직 그녀와 함께한
그 찰나의 순간을 기억하는 것.

나는 세상에서 가장 행복한 남자였다고.
그 달콤한 낙원 말고는
내 텅 빈 마음에 아무것도 필요치 않았다고.

실뱅 포르쥬 *Sylvain Forge*

사랑이란
어린아이 같은 천진함이고,
사춘기의 눈부심이며,
어른의 격정이며,
오래된 사랑의 유연함이다.

사랑했던 사람은 죽어도
그 사랑은 죽지 않는다.

자크 포르티에 *Jacques Fortier*

사랑이란, 레지아니♥가 부른 노래
'베니스는 이탈리아에 없다 Venise n'est pas en Italie'.
베니스는 우리가 함께하는 곳이면
어디에든 있기에.

로렌 푸세 Lorraine Fouchet

♥ Serge Reggiani, 이탈리아 태생의 프랑스 가수 겸 배우

사랑은 국경과 언어와
피부색의 장벽을 넘어서
보편적이고 시대를 초월한 감정이다.
자신의 섹슈얼리티에 상관없이
모든 인간이 경험할 수 있는 것,
그것이 바로 사랑이다.

올리비에 갈레 *Olivier Gallais*

사랑이란 내 얼굴을
가만히 감싸는 너의 두 손.

마리 가릭 *Marie Garric*

사랑이란
한 순간, 화음, 안달루시아산産 기타,
먼 나라, 가까움,
가능성, 섬,
써야 하고, 읽어야 할 소설,
한 곡의 노래,
남아 있는 것, 남아 있는 사람, 성벽,
여배우의 두 눈,
두 도시 사이의 아침,
베를린 의자,
춤추는 피나♥의 발걸음,
낙원의 아이들,
모래성,
눈에 들어간 분가루,
모든 것을 바꾸는 시선,
갈망,
가벼운 마음, 무거운 의무,
소명, 낯선 마르키즈 제도,
정지된 시간, 무결핍,
최고와 최악, 시작과 끝.

에릭 즈느테 *Éric Genetet*

♥ Pina Bausch, 독일의 현대무용가 겸 안무가. 안무의 혁명을 이루었다는 평가를 받으
며 세계 무용계의 판도를 바꾸었다.

사랑은 괘종시계의 다이얼.
우리는 그 위에
시간이 지나면 사라지고 마는 잉크로
숫자를 하나하나 써나가야만 한다.

이자벨 지아네티 *Isabelle Giannetti*

사랑이란,
잘 부르지 못하는 노래를
달리는 차 안에서
함께 목청껏 부르기.
(뒷좌석에는 강아지가 비웃으며 앉아 있네)

뮈리엘 질베르_Muriel Gilbert_

사랑이란
20년이라는 세월이 흐른 뒤에도
느끼는 설렘.
(그리고 그토록 오랜 세월
그 코골이와 함께하면서 장하게도
아직 그를 죽이지 않았다는 사실)

세레나 지울리아노 라크타프 *Séréna Giuliano Laktaf*

사랑은 눈밭을 걸으며
네 개의 발자국을 남기는 것.

그리고 입김으로
서로의 손을 녹이며 미소 짓는 것.

산드라 골리에 샬라멜 *Sandra Golliet Challamel*

생각을 열다

더숲 인문/문학 도서목록

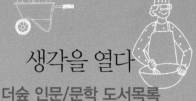

페이스북 · 인스타그램 @theforestbook

새 책 소식, 이벤트, 강연 안내 등의 정보를 제일 먼저 만나보실 수 있습니다.

더숲 02)3141-8301~2 | 서울시 마포구 동교로150, 7층

시골빵집에서 자본론을 굽다

천연균과 마르크스에서 찾은 진정한 삶의 가치와 노동의 의미

"작아도 진짜인 일을 하고 싶었다."
일본의 작은 시골빵집 주인이 일으킨 소리 없는 경제혁명
"이윤보다는 소중한 것을 위해 빵을 굽고 싶다."
빵의 발효와 부패 사이에서 자본주의의 대안적 삶을 찾는 과정을 그린 책.
작은 시골빵집 주인의 잔잔하고 유쾌한 마르크스 강의를 통해 순환하는
사회의 가치를 깨우친다. 마르크스와 발효, 두 영역이 조화롭게 접목된
오늘날의 새로운 자본론의 탄생.

★ 2015년 출판인들이 뽑은 숨어있는 최고의 책 1위!
★ 조선·동아일보·경향·한겨레신문 선정 올해의 책(2014)
★ 교보 Premium Book 숨겨진 좋은책 10 선정(2014)
★ 예스24 올해의 책 후보도서, 교보문고 선정 올해의 책, 행복한아침독서신문 추천도서
★ 서울도서·네이버 쉼 페이지에 소개

와타나베 이타루 지음 | 정문주 옮김 | 235쪽 | 14,000원

좋은지 나쁜지 누가 아는가

류시화 에세이

신이 쉼표를 찍은 곳에 마침표를 찍지 말라
시인의 언어로 쓴, 삶이 내게 말하려 했던 것

시집, 산문집, 여행기, 번역서로 변함없이 공감을 불러일으키는
류시화 시인의 에세이. 어떤 이야기는 재미있고,
어떤 이야기는 마음에 남고, 어떤 것은 반전이 있고,
또 어떤 것은 눈물이 날 만큼 감동적이다.
시인은 단 한 줄의 문장으로도 가슴을 연다.

★ 광주광역시립도서관 2019년 4월 추천도서
★ 서울시교육청 강동도서관 2019년 5월 추천도서
★ 부산광역시 사상도서관 2019년 2분기 작은도서관 추천도서목록(일반)

류시화 | 256쪽 | 15,000원

달을 보며 빵을 굽다

빵을 만드는 일 그리고 삶, 그 조화로움에 관한 이야기

일을 지속하면서도 삶을 즐길 수 있다면,
그 일은 어떤 모습일까?
"나답게, 작지만 매일의 행복을
만들어나가는 일을 하고 싶어."
달의 움직임에 따라 20일간 빵을 굽고,
10일은 여행을 떠나는
어느 빵집주인에게서 일과 삶의 의미를 찾다.

★ 인디고서원 2019년 2월 추천도서

쓰카모토 쿠미 지음 | 서현주 옮김 | 212쪽 | 14,000원

혹등고래 모모의 여행

**삶과 존재의 의미를 찾아서,
외롭고 겁 많은 고래 모모가 전하는 가슴 벅찬 이야기**

타이베이도서전 대상 수상자, 대만 최고 작가
류커샹이 그려낸 감동의 우화.
스스로 운명을 개척해나가는 고래 모모의
아름답고 위대한 여정.

★ 학교도서관저널 2018, 2019 추천도서(청소년문학)
★ 인디고서원 2018년 3월 추천도서
★ 한국출판문화산업진흥원 텍스트형 전자책 제작지원 선정작(2018)
★ 서울시교육청도서관 2018년 7월, 11월 사서추천도서

류커샹 지음 | 하은지 옮김 | 260쪽 | 13,000원

반농반X의 삶

자연 속에서 자급자족하며 좋아하는 일을 추구하다

★ 인디고서원 2015년 12월의 추천도서
★ 한국출판문화산업진흥원 텍스트형 전자책 제작지원 선정작(2016)

시오미 나오키 지음 | 노경아 옮김 | 254쪽 | 14,000원

반농반X로 살아가는 법

자연에서 좋아하는 일을 하며 먹고살기 위하여

《반농반X의 삶》 시오미 나오키의
반농반X 실천 지침서

시오미 나오키 지음 | 노경아 옮김 | 184쪽 | 14,000원

애주가의 대모험

1년 52주, 전 세계 모든 술을 마신 한 남자의
지적이고 유쾌한 음주 인문학

세계사, 문화사, 지리학을 넘나드는
전 세계 술에 관한 거의 모든 지식!

제프 시올레티 지음 | 정영은 옮김 | 정인성 감수 | 496쪽 | 18,000원

고장난 저울

수평사회, 함께 살아남기 위한 미래의 필연적 선택

★ 기업체 강연문의 쇄도

김경집 지음 | 204쪽 | 12,000원

새는 날아가면서 뒤돌아보지 않는다

류시화 산문집

나무에 앉은 새는 가지가 부러질까 두려워하지 않는다
나무가 아니라 자신의 날개를 믿기 때문이다

《삶이 나에게 가르쳐 준 것들》《하늘 호수로 떠난 여행》이후
류시화 특유의 울림과 시선을 담은 산문집. 삶과 인간을
이해해가는 51편의 산문을 묶었다. 쉽게 읽히면서도 섬세하고
중량감 있는 문장들로 우리를 '근원적인 질문과 해답들'로 이끌어간다.

★ 국립중앙도서관이 꼽은 휴가철 읽기 좋은 책 100선 선정작
★ 현대경제연구원 선정 여름 휴가철 CEO가 읽어야 할 도서
★ 국립중앙도서관 사서 추천도서
★ 진중문고 선정도서(2017년 3분기)
★ 제14회 경남독서한마당 선정도서

류시화 | 280쪽 | 14,000원

시로 납치하다

인생학교에서 시 읽기 1

시인이 될 수 없다면 시처럼 살라

삶이 던지는 물음에 시로 답하다.
《지금 알고 있는 걸 그때도 알았더라면》
《사랑하라 한번도 상처받지 않은 것처럼》에 이은
인생학교에서 읽는 좋은 시 모음집.
류시화 시인의 해설과 함께 투명한 감성과
인간에 대한 따뜻한 시선이 담긴 시들을 모았다.

★ 경남교육청 교육CEO에게 권하는 책(2018)
★ 서울시교육청도서관 2018년 5월, 7월, 9월 사서추천도서
★ 책따세 2019년 2분기 추천도서

류시화 | 248쪽 | 13,000원

복종에 반대하다

누구에게도 지배받지 않는 온전한 삶을 위해

★ 한국출판문화산업진흥원 텍스트형 전자책 제작지원 선정작(2018)

아르노 그륀 지음 | 김현정 옮김 | 136쪽 | 12,000원

휘둘리지 않는 힘

셰익스피어 4대 비극에서 '나'를 지키는 힘을 얻다

★ 한국출판문화산업진흥원 우수출판콘텐츠 제작지원사업 선정작(2015)
★ 한국출판문화산업진흥원 텍스트형 전자책 제작지원 선정작(2016)

김무곤 지음 | 280쪽 | 14,000원

다시 프로이트, 내 마음의 상처를 읽다

일과 사랑, 인간관계에서 힘들어하는 이들을 위한 정신분석학적 처방

'남몰래 아픈 나'를 치유할 시간이 필요한
현대인들을 위한 필독서

유범희 지음 | 210쪽 | 14,000원

생각의 융합

인문학은 어떻게 콜롬버스와 이순신을 만나게 했을까

★ 국립중앙도서관 사서 추천도서(2015.12)
★ 국립중앙도서관 2016년 휴가철에 읽기 좋은 책
★ 청주 오창도서관 추천도서, 울산 남부도서관 추천도서
★ 경상남도교육청 김해도서관 사서 추천도서
★ 행복한아침독서 2016 책둥이 추천도서(청소년용)

김경집 지음 | 495쪽 | 16,500원

한나 아렌트, 세 번의 탈출

한나 아렌트의 삶과 사상을 그래픽노블로 만나다

시대를 초월한, 사유하고 행동하는 지식인
한나 아렌트에 대한 최초의 그래픽노블
"나는 모든 개인을 지지한다.
모든 인간에게는 권리를 가질 권리가 있다."
세 번의 탈출, 그 속에 담긴 한나 아렌트의
불꽃 같은 삶과 열정

★ 포브스 선정 2018 최고의 그래픽노블
★ 한국아렌트학회장 김선욱 교수, 한나 아렌트의 마지막 조교인
제롬 콘 추천

켄 크림슈타인 지음 | 최지원 옮김 | 김선욱 감수 | 244쪽 | 17,000원

다라야의 지하 비밀 도서관

시리아 내전에서 총 대신 책을 들었던 젊은 저항자들의 감동 실화

우리가 가진 모든 것이 무너져갈 때,
무엇이 삶을 지속하게 해주는가
전쟁의 한가운데에서 자유와 비폭력, 인간다운 삶을
꿈꾸며 도서관을 세운 다라야 청년들의 감동 실화.
책을 읽는 것의 의미는 무엇이며, 우리가 살면서
놓치 말아야 할 것은 무엇인가.

★ 서울시교육청도서관 2018년 9월, 10월 사서추천도서
★ 행복한아침독서 2019년 아침독서 추천도서
   (공공도서관용, 중고등학교 도서관용)
★ 문화체육관광부 2018 하반기 세종도서

델핀 미누이 지음 | 임영신 옮김 | 244쪽 | 14,000원

나는 왜 너가 아니고 나인가

인디언 연설문집

미타쿠예 오야신-우리 모두는 서로 연결되어 있다
대지에 울려퍼지는 아메리카 인디언들의 목소리

류시화 시인이 오랜 시간 방대한 자료수집을 통해 엮어낸
인디언들의 삶과 문화, 그들의 역사를 담은 인디언 추장들의
연설 모음집. 단순하면서도 시적인 이 연설들은 문명인임을
내세웠던 당시 백인들과 현재를 사는 우리들의 공허한
정신세계를 날카롭게 지적한다.

★ 서울시교육청도서관 2018년 8월 사서추천도서

시애틀 추장 외 지음 | 류시화 엮음 | 906쪽 | 30,000원

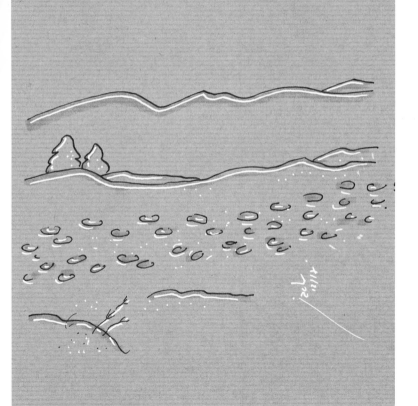

사랑은 너를 위해 남긴
마지막 초콜릿 한 조각.

비르지니 그리말디 *Virginie Grimaldi*

사랑이란
곁에 없을 때 빛을 발하는
매혹적이며 신비한 것.

로랑 기욤 *Laurent Guillaume*

사랑은 둘을 하나이게 하는 것.
같은 길을 함께 가꾸어가는 것이고
한 사람이 없어도 그의 향기를 호흡하는 것이다.
서로가 잡아두지 않고도 하나가 된다.

요한나 귀스타브손 *Johana Gustawsson*

사랑이란 영혼들의 팔레트.
너와 나의 색이 만나
울림을 만들고
충돌하기도 하지만,
끝내는 섞여
새로운 빛깔을
새로운 영혼을
빚어낸다.

클로드 귀트 *Claude Guth*

사랑은
삶 한가운데에서 경험하는
열정적인 호흡.
쉼표와 물음표,
말줄임표, 느낌표로
너와 나의 말은
끝없이 계속된다.

티펜 아데 *Tiphaine Hadet*

사랑이란

사랑은 비 내리는 어느 날
구름 틈 사이로 새어 나온 한 줄기 햇살.

사랑은 벼락이고, 폭풍이며,
모든 것을 뒤엎는 토네이도며,
무너진 세상에서 살아 있음을 느끼게 하는 태풍.

사랑은 달리는 차창으로 들어오는 시원한 바람.

사랑은 세상을 좌절시키는 폭풍우,
하늘과 땅을 떨게 하는 번개,
맞서야 할 서리.

사랑은 둘이 하나가 되어 지켜보는, 떨어지는 눈송이.

사랑은 거센 소나기를 감수하면서
그저 흘러가게 내버려두어야 하는 신기루.

사랑은 소나기가 지나간 후 우리를 미소 짓게 하는 무지개.

그리고 두 손을 꼭 잡고 맞이하는 인디언 서머.

소피 앙리오네 *Sophie Henrionnet*

프티 로베르 사전이 정의한 사랑Amour이란,
"좋다고 느껴지거나 인식된 것에 대한
감성과 의지의 우호적인 태도.
이러한 영감을 불러일으키는 대상에 따라
그 모습이 다양한 형태로 나타남."

조엘 앙리 *Joël Henry*

사랑이란
황량하고 광활한 초원에서
피워내는 작은 모닥불.

제이크 힝슨 *Jake Hinkson*

사랑이란, '이성에게 느끼는 열정'.
하지만 다른 존재에 대한 사랑도 있다.
동성, 종교, 부모님, 자녀.

사랑은 열정만 의미하지도 않는다.
무엇에 대한 열정이 있다고 말할 때가 있듯이.
그렇다면 욕망이라고 할까?
통상적 의미의 욕망만 뜻하지도 않는다.

그럼 매력, 애정, 끌림은 어떨까?
매력이라는 말은 너무 요란스럽고,
애정이라는 말로는 부족하며
끌림은 적당한 말이 아니다.
사랑은 그 이상이니까.

자, 그럼… 이 말은 어떨까?
내가 집에 데려다줄까?

프랑수아 오프 *François Hoff*

사랑이란, 세상에서 가장 큰 오해를 부르는 감정.
우리는 사랑을 욕망, 고독, 상처, 행복, 평화,
더 나아가 전쟁, 종교와 혼동한다.
그 결과 사랑은 부당한 비난을 피하지 못하고
사랑은 사랑받지 못한다.

제니퍼 올파랑 *Jennifer Holparan*

사랑은 어스름한 새벽 별을 따라가는 것.
분홍색, 황갈색, 노란색,
사랑의 이런 확실하지 않은 빛깔들을
우리는 피해갈 수 있을까?

우리는 이미 낭떠러지에 서 있다.

크리스토프 오네게 *Christophe Honegger*

사랑은 난폭한 변덕쟁이.
한없이 청량하다가도
별안간 불행을 가져오는
어느 여름날의 푸른 하늘.

에마뉘엘 오네제 *Emmanunel Honegger*

사랑이란…

파도에 실려왔다 물러나는 잔물결일까?
우리 몸을 산산이 부서뜨릴 높은 파도일까?
영혼을 뚫고 들어오는
혹은 웃음을 앗아갈 수도 있는
한 줄기 햇살일까?
아니면 아주 가까운 곳에서 울리지만
결코 갈 수 없는
다른 세상의 메아리일까?
아직 도달하지 못한 미지의 또 다른 달일까?
만약 사랑이 불가능한 희망이라면?
마음을 끄는 유혹에 불과하다면?

사랑의 우회로에서 길을 잃지 않을까?
사랑의 번개에 불타지 않을까?
사랑의 고뇌로 죽지 않을까?
그런데 만약 사랑이 그저 아주 작은 번득임이라면?
하나의 불꽃, 무지개,
한 마리 제비의 비상이라면?
마음으로 쓴 몇 마디 말이라면?
그리고 만약 사랑이 이 모든 것이라면?

휘몰아치는 이 소용돌이에
당신의 문을 활짝 열어두기를.

나탈리 위그 *Nathalie Hug*

210

사랑이란, 지금 이 순간.
너와 나의 살갗이 닿는, 이 순간.
그렇다면 내일은?
내일은 아직 머나먼 날일 뿐!

클레르 위낭 *Claire Huynen*

사랑은 먼저 나를 사랑하고
내 마음의 소리에 귀 기울이게 한다.
그리고 그 사랑을 천문학적 양으로
다시 나눌 수 있게 한다.

에린 코바

L'AMOUR, C'EST D'ABORD S'AIMER SOI ET S'ÉCOUTER
POUR ÊTRE CAPABLE D'EN REDISTRIBUER
EN QUANTITÉ ASTRONOMIQUE.

ERINE KOVA

사랑이란
아이를 바라보는
우리의 부드럽고 따뜻한 시선.

그리고 아이를 하늘 높이
날아오르게 하는
우리가 맞잡은 두 손.

마리-안 조스트-코티크 Marie-Anne Jost-Kotik

사랑은 어디서든 너의 냄새를 알아차리게 한다.
그것이 너의 방귀 냄새라 할지라도.

신시아 카프카 *Cynthia Kafka*

사랑이 만드는 요리 :
- 커다란 토마토 하나를 끓는 물에 살짝 데쳐서
껍질을 벗기고 4등분한 뒤
냄비에 넣고 오일을 살짝 두른 다음
소고기, 마늘, 양파, 파슬리, 셀러리, 고수, 콩,
향신료를 넣는다.
센 불에서 재료가 잘 섞이도록 저어주고
재료가 잠길 정도로 물을 부은 뒤
한 시간 반 동안 약한 불로 익힌다.
당근, 잘게 썬 애호박,
조각낸 호박과 양배추를 넣는다.
다시 물을 붓고,
소량의 커민과 소금 한 꼬집을 첨가해도 좋다.
냄비를 다시 닫고 약한 불에 천천히 익힌다.
- 어, 그럼 파스타 면은 어떻게 하지?

데보라 코프망 *Déborah Kaufmann*

사랑이란
서로의 등에 기대어
세상과 마주하는 것.

니콜라 캉프 *Nicolas Kempf*

사랑이란
세상이라는 광활한 사막을 건널 수 있도록
우리를 격려하는 신기루.

다비드 카라 *David Khara*

사랑은 우리를 자라게 하는 수액.
나뭇가지에 물을 주고
하늘을 향해 나뭇잎을 펼치게 한다.

사랑은 거침없이 파고드는 뿌리내림.
이웃한 나무뿌리와
하나가 되게 한다.

사랑은 연약한 작은 새.
우리 몸속에 둥지를 틀고
노랫소리로 우리를 간지럽힌다.

사랑은 봄날의 꽃가루.
생명을 나르면서 눈을 따갑게 한다.

사랑은 작고 통통한 도토리.
주울수록 더 많이 줍고 싶어진다.

사랑으로
도토리 나무의 키는 점점 높아진다.

미라벨 커크랜드 *Mirabelle Kirkland*

사랑은
온종일 이불 속을 떠나지 않아도 되는 좋은 이유.

셀린 니들레 *Céline Knidler*

사랑은 하늘과 땅 사이에서 서로를 안고
여름밤의 별들을 함께 바라보며
우주 안에서
서로에게 기대어 잠드는 것.

자크 콕 *Jack Koch*

사랑은 먼저 나를 사랑하고
내 마음의 소리에 귀 기울이게 한다.
그리고 그 사랑을 천문학적 양으로
다시 나눌 수 있게 한다.

에린 코바 *Erine Kova*

사랑은 시간이 언젠가 앗아갈 지금 이 순간.
살을 맞댄 채 서로를 바라보며
너는 내 가슴 위에 입술을 대고
너의 뺨은 한껏 상기돼 있다.
너의 입가에는 작은 젖 한 방울이 흐른다.
있는 힘껏 내 손가락에 매달린 너의 가녀린 손,
언젠가는 내 손을 놓아버릴 이 작디작은 손,
다정함과 안도감, 포만감에 취해 잠든 너의 눈,
영원할 것만 같은 지금 이 순간,
나는 약속하지 않은 사랑의 약속을 한다.

나스타시아 크라제스키 *Nastassia Krajewski*

사랑은 신비한 병.
초등학교 시절부터 걸리기 시작해
양로원 식당에서 밥 먹을 때까지 이어지는,
수많은 희생자를 낳는 병.
더 자세한 사항은 마르셀 프루스트*Marcel Proust*의 작품 참조.

피에르 크레츠*Pierre Kretz*

Cahier
du
jour
알림장

사랑이란,
한겨울 한밤중에
이불 안으로 살며시 들어온 너의 언 발을
따뜻이 녹여주며 흐뭇해하는 것.

이리나 쿠드소바 *Irina Kudesova*

사랑이란,
폭풍우가 지나갈 때까지 버텨낸 아주 작은 불씨들.
이렇게 쌓인 불씨들에게서
앞으로 피어날 불꽃을 본다.

스테파니 라크망 *Stéphanie Lacquemant*

사랑이란, 지금 막
내 마음속의 얼음을 깨뜨린 너의 눈빛.

필립 라피트*Philippe Lafitte*

사랑은
분별력, 나아갈 방향, 이성,
상식, 때로는 인내심까지
많은 것을 잃는 대신
단 하나를 얻게 한다.

사랑은
무지개에 새로운 색을 더할 때
오직 두 사람만이
그 색을 알아볼 수 있게 한다.

사랑은
사랑하는 사람과
어딘가에 존재하는 것이다.
지금 함께하는 우리는
우리보다 더 위대한 것을 만든다는 사실을,
사랑을 깨닫게 한다.

사랑은
사랑이라는 말 외에는
달리 정의를 내릴 수 없다.
너무 아름답고 너무 눈부시다 해도.

왜냐하면… 사랑은 바로 사랑이기 때문에.

세드릭 랄로리 *Cedric Lalaury*

244

사랑은 어렵지만, 미움은 쉬운 법.
직접 시험해보시길.

리처드 랭 *Richard Lange*

사랑은 매일 아침 그녀가 내게 선물하는 태양.
나는 이 태양을 한낮의 하늘에 걸어둘 것이다.

니콜라 르벨 *Nicolas Lebel*

사랑은 우리만의 폭죽.
하지만 때로는 물에 젖은 폭죽.
우리를 둘러싼 세상이
갈기갈기 찢어져도 우리는 서로 사랑한다.
눈에 콩깍지가 씌어지는 순간,
우리 발이 물속에 잠겨 있건 말건 아무런 상관없다는 듯.

마랭 르덩 *Marin Ledun*

사랑이란,
우리 존재를 여는 열쇠,
타인을 통해서만 발견되는 보물,
내면 가장 깊은 곳까지 스며드는 현기증,
비상을 가르쳐주는 낭떠러지,
타오르면서 모든 것을 재생시키는 유일한 불길,
가장 어두운 곳을 밝히는 빛.

사랑이란,
지속될수록 가치는 깊어지고
순수할수록 아름다움은 더해지는 것.
우리는 어딘가에 사랑이 있음을 알지만,
그 누구도 사랑을 찾으리라 확신하지 못한다.
사랑은 보기보다 희귀하지만
어느 누구만의 것은 아니다.
사랑 없는 삶은 헛되며
메마른 심장은 고통에 묻힌다.

사랑이란,
감수할 가치가 있는 유일한 모험.
모험을 감수할 수 있다면
우리를 매혹시키는 것들을 멀리하라.
오만과 덧없는 것들에 맞서서
담대하게 전투에 임하라.
모든 것을 내려놓고, 손을 내밀자.

질 르가르디니에 *Gilles Legardinier*

사랑은 기대하고
마주하고
경청하고
믿으며
대담해지고
속삭이며
행하고
꿈꾸고
응원하며
귀하게 여긴다.
사랑은 삶이다.

마리안 레비 *Marianne Levy*

사랑은 느닷없이 찾아오는 것.
가슴에는 뜨거운 기운이 번지고
두 무릎은 속절없이 부딪히기를 반복한다.
수줍고 내밀한 미소가 이어지는
불편한 침묵이 흐르고,
그토록 기다렸던 생의 축제였건만
여전히 나는 나의 자리를 떠나지 못한다.
수도 없이 썼다가 버린 편지,
떠올리며 지새운 수많은 밤들,
대담한 시도,
얼굴의 모든 결점을 비추는
사악한 거울 앞에서
의기소침해진 순간들.
한 번 더, 더욱 강하게
가슴속에 퍼지는 이 뜨거운 기운…
도대체 언제쯤 이 사랑이 쉬워질까.

파브리스 랭크 *Fabrice Linck*

사랑은
주기적으로 감정을 분출하는
간헐온천과도 같다.
분출을 마음대로 멈추게 할 수 없는 법.
그저 늘 애쓰는 수밖에.

오드리 롤리 *Audrey Loley*

사랑하면 감출 게 없는 벌거숭이가 된다.
너의 결점도, 변덕도, 행동마저도
너를 사랑하는 이유가 된다.
오늘과 내일의 너의 모습,
그 곁을 지킬 나의 미래를 보며 너를 사랑한다.
이유가 아닌 이유로 너를 사랑한다.

사랑이란
우리가 같은 곳을 바라보리라는 확신,
미래에 대한 확고함이다.
벌거벗은 연약한 몸이지만
어떤 폭풍우에도 함께 맞설 준비가 되어 있다는 느낌이다.

메이 로페즈 *May Lopez*

사랑이란
단둘이 미술관에서 길을 잃고 헤매다가
어느 그림 앞에 문득 멈춰 서서
그림이 전달하는 감정을 함께 느끼는 것이다.

우리는 본능적으로 서로의 손을 찾는다,
벨벳 같은 피부를.
그리고 서로의 손을 잡은 채 그 시공간에 빠져든다.

소피 루비에르 *Sophie Loubière*

사랑이란
우리 안의 악마들이
바깥의 천사를 만나
그들만의 낙원을 찾고,
함께 나아가기로 마음먹는 일이다.

제롬 루브리 *Jérôme Loubry*

사랑이란
너로 인해 질풍노도의 삶이
잠시 멈추는 것.

멜라니 뤼제티 *Mélanie Lusetti*

사랑으로 나의 기쁨은 너의 기쁨이 되고
너의 기쁨은 다시 나의 것이 된다.

재키 매크리 *Jackie Macri*

사랑이란
가장 큰 피자 조각을
그에게 남겨주는 것.

마드무아젤 카롤린 *Mademoiselle Caroline*

사랑은
때로는 지옥 같고 때로는 축복 같은,
한마디의 말로 표현할 수 없는 고뇌 가운데 하나다.

말록 *Mallock*

사랑이란
여든이 되어
휠체어에 앉아
조용한 생말로*Saint-Malo* 성벽에서
당신의 손을 잡는 것.

로랑 말로*Laurent Malot*

사랑은 매일같이
서로를 선택하고
또 선택하는 것.

직업도 없고,
집도 없고,
둘 사이에 아이가 없어도
공통점이 하나도 없어도
서로가 상대방을 위해, 자신을 위해
존재한다는 사실을 깨닫고
내일 또다시 서로를 선택하기로 마음먹는다.
아무것도 감내하지 않고, 두려워하지 않으면서.

그리고 떠나는 것이 쉽게 느껴지는 날이 올 때
계속 남아 있기를 선택한다.

로르 마넬 *Laure Manel*

사랑이란, 그런 것.
쉼표인지 마침표인지 불분명한 구두점, 죽기를 거부하는 별 하나.
나는 지금 노르망디의 이브토 역에서 너를 기다리며 추위에 떨고 있다.
30년 전 우리는 헤어졌지,
그 후 너 없는 시간은 무척 길게만 느껴졌어.
일주일 전 너에게서 받은 편지,
조심스럽지만 다시 보고 싶다는 욕망이 깔려 있는 편지였지.
오늘은 12월 23일
나는 지금 이브토 역에서 너를 기다린다.
저 멀리서 들리는 갈매기들의 비명 소리.
과연 너는 나를 알아볼까?
이제 나는 안경도 쓰고 눈은 깊은 주름으로 장식되었는데….
너를 기다리는 이 시간들이 마치 지루한 소설책과도 같다.
바람은 불고, 나는 무심히 담배에 불을 붙인다.

저녁 6시 15분, 나는 뒤돌아선 채 몸을 떨고 있다.
그때 모직코트 입은 내 어깨를 지그시 누르는 손길.
내 뺨 위에 흐르는 한 줄기 눈물.
나는 고개를 돌린다. 그리고 바로 너.
너의 흰 머리카락이 번쩍이며 어둠을 밝힌다.
너의 입이 더듬거리며 나의 입을 향해 다가와
희미한 내 미소를 덥석 물어버리지.
벤치 위에 앉아 있던 검은 새 한 마리가
작은 눈에 적대감을 품고 우리를 유심히 살펴본다.
네가 여유 있게 팔을 휘젓자 겁먹은 새는 금세 사라진다.

사랑이란, 그런 것.
어떤 추억을 집요하게 보호하는 것,
그리고 다시 시작할 수 있는 것.

아스트리드 망프레디 *Astrid Manfredi*

사랑이란…

실수, 포기,
마음의 불균형,
손길이 머무는 꽃들로 가득한 꽃밭,
시들어버린 꽃다발,
질식,
깊은 물,
무너져버리는 출렁다리,
초원에 부는 강풍,
망각, 상실,
무한한 행복….

이안 마누크 *Ian Manook*

사랑이란

만물의 근원인 4원소가 만들어내는 폭풍,

바람에게 부치는 입맞춤,

마음속에서 터지는 불꽃놀이,

무한한 진공 상태에서의 자유낙하,

목적지 없는 여행,

낯선 도시의 뒷골목에서 길 잃고 헤매는 우리.

주세페 마눈타 *Giuseppe Manunta*

사랑이란, 우리가 이룬 가장 아름다운 실패이자,
가장 위대한 성공.

사랑이란, 우리의 마지막 기억.
그래서 신은 인간을 질투한다.

르네 망조르 *René Manzor*

사랑은 자신의 약점을 받아들일 수 있게 한다.
서로에게 힘이 되어줌으로써
자신의 부족함을
아름다움으로 간직할 수 있도록 도와준다.

피에르 마르샹 *Pierre Marchant*

사랑이란, 상처에 붙이는
여러 무늬의 반창고와 같다.
(열정이라는 무늬, 섹스라는 무늬,
모성애라는 무늬, 부부생활이라는 무늬)
죽을 수밖에 없는 우리 운명의 상처,
곪아 있는 상처를 덮어준다.

치료가 병보다 더 고통스럽고
치료로 인해 상처가 다시 감염되기도 한다.
사랑이란, 세상의 모든 환자의 상태를 악화시키는
우주에 단 하나뿐인 백신이다.

프레데릭 마르스 *Frédéric Mars*

※ 주: 나의 예술에 기여해준 내 마지막 이별에 감사를 표한다.

사랑은 집과 같다.
그중에서도 가장 예쁜 집.
사랑에 빠진 사람들은
시간의 흐름에 따라 이 집을 장식한다.
때로 작은 균열이 생기지만,
그 틈은 다정함, 미소,
따뜻한 말 한 마디로 메워진다.
사랑은 무슨 일이 생기더라도
우리에게는 우리 집이 있음을 기억하게 한다.

아녜스 마르탱-뤼강 *Agnès Martin-Lugand*

사랑이란…
너의 눈이 나의 눈동자에 빠진 그날부터 시작되었다.
너는 나를 유심히 살폈고 나는 너의 냄새를 맡았지.
너를 향한 내 사랑의 거대한 뿌리는
주체할 수 없이 자라났고
나를 항상 동요시켰어.
너는 매순간 나를 기쁨으로 채워주는 유일한 빛이었지.
나는 네 행복을 위해 안간힘을 쓸 것이다.
마치 암컷 늑대가 새끼들을 보호하듯이.
너는 나의 산소다.
너의 이름은 나의 딸 콜레트.

파니 마리 *Fanny Mary*

사랑은 우리를 가장 밝은 별이 되게 한다.
우리를 빛나게 하는 이들이야말로 바로 사랑이다.

시릴 마사로토 *Cyril Massarotto*

사랑은 떠나는 너를 붙잡지 않는다.
나 없는 네가 더 행복하다는 사실을 받아들일 만큼
너를 사랑하기 때문에…

미카엘 마티외 *Michael Mathieu*

진정한 사랑은
상대를 나의 새장에 갇혀 살게 하기보다는
함께 구름 위로 날아가게 하는 것.

실비 드 마퓌지유 *Sylvie de Mathuisieulx*

사랑은 성가시고 지루한 일.
하지만 함께 무언가를 맞춰갈 때는 더없는 기쁨.

필립 마테 *Philippe Matter*

사랑이란
사나운 짐승이다.
너의 심장과 머리를 황폐하게 만든다.
웃음, 두려움, 기쁨,
분노, 행복, 고통으로
너의 비명 소리가 들릴 때까지.

사랑이란
나의 손과 혀를 꼼짝 못하게 하는 괴물이다.
이 괴물, 그건 바로 너.

모드 마이예라스*Maud Mayeras*

사랑이란
몇 시간이고 귀 기울이게 하고,
이끌어주고, 확신을 주고, 격려하고,
웃게 하고, 울게 하는 목소리,
몸서리치게 하고, 전율을 일으키고, 아름답게 하고,
존재한다는 사실을 증명해주는 다정한 손길,
너임을 알려주는 살 냄새,
안식처가 되어주는 품,
세상에서 가장 중요한 사람이라고 말하는 눈빛,
별무리 한가운데로 데려다주는 그의 입술.

모드 마제 *Maud Mazet*

사랑이란 당신의 상처를 여며주는 버클.
그러나 사랑은 그런 버클을 뜯어버리기도 한다.
상처에 몇 번이고 칼을 꽂고
그 위로 계속해서 소금을 쏟아낸다.
버틸 힘을 잃어버린 당신은
스스로에게 묻는다.
이 춥고 어두운 행성에서
새로운 공기를 한 모금 들이켜고
인생에서 다시 사랑이 찾아보게 내버려두는 것,
그 용기가 가치 있는 일이냐고.

그 질문에 나는 이렇게 답하고 싶다.
사랑이란 빈자리가 나를 송두리째 삼켜버리기 전에
나의 주의를 다른 곳으로 돌리는 것이라고.

마이크 맥크래리 *Mike McCrary*

사랑은 우리를 동시에 눈물짓게 한다….

마티외 메네고 *Mathieu Menegaux*

사랑이란
밤중에, 홀로, 추위에 떨며 귀가했을 때
창가에서 나를 기다리며 맞이하는
사랑스런 나의 두 고양이들의
따뜻한 얼굴을 바라보는 것.

샘 밀러 *Sam Millar*

사랑은 우리를 반영하는 거울.
그 안에 우리의 가장 아름다운 모습이
잠들어 있다.

파비오 M. 미첼리 *Fabio M. Mitchelli*

사랑은 여러 개의 미지수가 포함된 고차방정식.
풀이 결과, 그 답은 언제나 X.

오렐리앵 몰라 *Aurélien Molas*

사랑이란
사랑하는 이들과 옷장 속에 갇혔지만,
떠나고 싶은 마음이 조금도 들지 않는 것.

로맹 퓌에르톨라스

L'AMOUR, C'EST QUAND TU T'ENFERMES
DANS UNE ARMOIRE
AVEC LES GENS QUE TU AIMES
ET QUE TU N'AS PLUS JAMAIS ENVIE D'EN SORTIR.

ROMAIN PUÉRTOLAS

사랑은 후회를 뒤로한 채
앞을 바라보며 이렇게 혼잣말을 한다.
네 덕분에,
너와 함께,
이제 가장 아름다운 일이 생길 거야.

발렌틴 뮈소 *Valentin Musso*

사랑은… 너무나 위태로우면서도
분명해 보이는 지금 이 순간을
끊임없이 감탄하는 것.
오랜 시간이 흐른 지금도,
사랑은 매일 저녁 귀가를 알리는
열쇠 소리에 미소를 짓는다.
그러다 언젠가는 더 이상 그 소리를
듣지 못하게 될 그날을 떠올린다.
그 순간 공허함의 문이 눈앞에 열린다.

마리 뇌제 *Marie Neuser*

사랑이란
삶의 방향을 제대로 잡아주는
그 무언가.

아녜스 니데르콘 *Agnès Niedercorn*

사랑이란, 무채색의 거리를 걸으면서도
네가 나의 손을 잡고 있다는 이유만으로
거리가 환해지고 춤을 추고 싶어지는 마음.

사랑이란, 한 곡의 음악을 들을 때
이 음악이 나를 위해, 그리고
내 마음 깊은 곳에 거대한 동요가 일어나고 있음을
알리기 위해 만들어졌다고 느끼는 것.

사랑을 하면 그 사랑으로 인해
쉽게 부서지고 깨지고, 그 사랑에 감사하게 된다.

사랑이란, 내 안에 있는 줄 몰랐던 힘과
항상 새로움을 거듭하는 창의성을 발견하는 것.

사랑이란, 행복의 순간과 고통의 순간이
함께 만든 모자이크.
같은 일들에 대해 같이 웃고 벌이는 공모이며,
함께한 시간들이 하나하나 엮어 만든
둘만의 비밀스런 암호.

가엘 노앙 *Gaëlle Nohant*

사랑이란, 주체할 수 없이 슬픈 노래.

여전히 난 너에게 말하지.

손을 잡고 걸어가는 사람들이 싫어.
연인의 말을 알아서 대신해주는 사람들이 싫어.
서로의 눈을 바라보며 식사하는 사람들이 싫어.
그들의 눈빛이 싫어.
예전에 우리의 눈빛이 그랬거든.

아직 내 옆은 비어 있는데, 와서 함께 있을래?
아직 내 옆은 자리가 남아 있는데, 와서 다시 시작해볼래?

여전히 난 너에게 말하고, 여전히 너를 느끼고,
여전히 서로에게 말하며, 여전히 둘이 함께 있지.

아직도 네 우편물이 오는 게 싫어.
네 곁에서 잠들 수 없다는 게 싫어.
오늘은 나 혼자라고 생각하는 게 싫어.
어제는 우리 둘이었는데, 내일은…

나를 기다리는 이 침묵이 싫어.
여전히 내 손이 너를 찾고 있는 이 아침이 싫어.
그리고 더욱 싫은 건,
아무 소용없이 뛰고 있는 이 쓸모없는 심장이
나를 구속하고 있다는 사실.

여전히 난 너에게 말하고, 여전히 너를 느끼고,
여전히 서로에게 말하며, 여전히 둘이 함께 있지.

올리비에 노렉 *Olivier Norek*

사랑이란
뒤엉킨 시선
부드럽게 스친 살결
함께 나눈 딸기 한 그릇
터질 듯한 심장
흐릿하게 윤곽만 남은 꿈
흐트러진 침대…
그리고 결코
서로를 내버려두지 않는 것.

카롤린 오브랭제 *Caroline Obringer*

사랑은
세상의 모든 잔혹함,
괴로움,
진부함,
두려움,
절망을 막는
우리의 유일한 방어책.
그러나 사랑만으로도 충분하다.

그렉 올리어 *Greg Olear*

사랑은 샘물을 마시는 일과 같다.
너의 손을 잡고 걷게 하고,
너의 눈을 향해 날아가게 한다.
어느 거리 모퉁이에서도
네 목소리에 고개를 돌리게 한다.
너의 머리카락을 어루만지는 나의 손,
너의 어깨를 감싼 나의 팔,
이불 아래에서 함께 보낸 우리의 여름,
발자국을 찾아 헤매는 마음,
같은 하늘을 그리기 위해 뒤섞인 두 개의 삶,
서로에 대한 그리움,
심장 사이를 오고 가는 일상.
그리고 나의 그런 사랑은 바로 너.

발레리 페랭 *Valérie Perrin*

사랑은 우리의 이야기를 들려주는 노래,
우리의 향기가 나는 차 한 잔,
우리의 피부처럼 부드러운 케이크,
그리고 한동안 우리의 넋을 잃게 만드는 꿈.

가엘 페랭 기예 *Gaël Perrin Guillet*

사랑이란… 내가 모르는 그 무엇.

스타니슬라스 페트로스키 *Stanislas Petrosky*

사랑이란 나의 살갗에 닿은 너의 피부.
발이 차가워지면 나는
너의 발 위에 내 발을 올려놓는다.
너의 눈꺼풀은 내 눈을 두려움에서 벗어나게 하고
우리의 손은 서로를 어루만진다.
나의 심장은 네 가슴 안에서 뛰고,
너의 심장은 나의 가슴 안에서 뛰지.
내 배 속에서는 우리 아이가 숨 쉬고 있고,
아이를 기다리는 두근거림을 안고
함께 세월을 맞는다.

디안 펠랭 *Diane Peylin*

사랑이란
고독이 취하도록 함께 나누어 마신 와인,
살갗으로부터 오는 마음 깊은 곳의 이야기,
죽음을 거부하는 존재의 따뜻함.

엘레나 피아상티니 *Elena Piacentini*

사랑이란
사랑하는 사람이 말하기 전에
그 사람의 마음을 알아채는 것.

플로리앙 푸아리에 *Florian Poirier*

사랑이란 내가 아이를 가져
속을 게워내며 괴로워했을 때
나의 머리를 어루만져주던 당신.
당신이 허리를 다쳐 움직이지 못할 때
속옷 입는 것을 도와주던 나.
사랑은 18년 동안 이어져온 이 모든 순간을,
성적 매력이라곤 찾아볼 수조차 없던 순간마저도
소중하게 여기게 한다.
내가 그와 함께했던 시간이기에.
그가 나와 함께했던 시간이기에.

카렌 퐁트 *Carène Ponte*

사랑이란
사랑하는 이들과 옷장 속에 갇혔지만,
떠나고 싶은 마음이 조금도 들지 않는 것.

로맹 퓌에르톨라스*Romain Puértolas*

사랑이란, 그저 사랑하는 것.
'몹시' '많이' '매우' 같은 말을 덧붙일 필요 없이.

사랑이란, 정도의 가늠 없이 그저 사랑하는 것.
사랑이 넘칠 때조차도.
특히나 넘칠 때조차도.

안-마리 르볼 *Anne-Marie Revol*

사랑은 핑크색 안경을 쓰고
시트로엥 2CV 오픈카 운전대를 잡은 여자와도 같다.
그녀는 낯선 시골길에서
히치하이크를 하던 당신에게 이렇게 말한다.
"여행자 친구, 어서 타요. 같이 가요."
망설임 없이 당신은 차에 오른다.
앞으로 어떤 일이 시작될지도 모른 채.

니콜라 로뱅 *Nicolas Robin*

사랑은 문제를 풀 때마다
결코 같은 답이 나오지 않는 수수께끼.
그럼에도 우리는 매번 같은 문제를 푼다.
그래야만 하기에,
그 답이 필요하기에.

토드 로빈슨 *Todd Robinson*

사랑은 다른 누구도 아닌 바로 그 사람.

소피 록웰 *Sophie Rockwell*

사랑은 참 신기한 작은 식물.
예기치 못한 곳에 뿌리를 내리더니,
자라서 자리를 잡고,
햇볕을 쬐면서,
정원사에게 끊임없는 관심을 요구한다.
시의 빛을 뿌려달라고,
인내의 물을 뿌려달라고,
욕망의 씨앗을 뿌려달라고,
그리고 웃음의 바람을 불게 해달라고.

타티아나 드 로즈네 *Tatiana de Rosnay*

사랑이란
너와 내가 만들어낸 비밀의 언어.
말, 입맞춤, 미소는
모두 같은 뜻이지.
사랑해,
내 손을 잡아,
내게 기대도 돼,
팔로 꼭 안아도 돼,
내가 여기 있잖아,
앞으로도 내가 함께할게.

마드린 로트 *Madeline Roth*

사랑이란
다시 한번 믿어볼 만큼
넓은 마음을 가지는 것.

니콜 루소 *Nicole Rousseau*

사랑이란
우리가 사랑을 잃었을 때
닥칠 수 있는 더 나쁜 일.

크리스티앙 루 *Christian Roux*

사랑이란 1+1이
언젠가는 3이나 4 또는 …가 된다는 사실을 깨닫는 것.

조엘 뤼멜로 *Joël Rumello*

사랑이란
고속도로변에 〈겨울왕국〉 DVD를 내버리지 않고
아이와 함께 엘사의 노래를 200번 이상 듣는 것.

자크 소세 *Jacques Saussey*

사랑이란 두 사람의 힘으로 쌓아올린 세상.
불완전하고 부서지기 쉽지만,
신의 축복이 머무는 곳.

로랑 스칼레즈*Laurent Scalese*

사랑을 하면 한없이 바라보며
서로의 곁에서 몇 시간이고 시간을 보낸다.
겨우 몇 시간으로 느끼지만
며칠 전부터 함께였다는 사실을
뒤늦게야 깨닫는다.

사랑이란 같은 공간에서 같은 꿈을 꾸며 꽁냥거리는 것.

릴라스 세왈드 *Lilas Seewald*

사랑이란
며칠 만에 만난 너의 얼굴이
나의 눈빛과 마주하는 순간,
환하게 빛나는 모습을 보는 것.

로제 세테 *Roger Seiter*

사랑이란
그가 보낸 첫 눈빛에
설렘이 내 심장을 터트리는 것.

미라 G. 셀리에 *Myra G. Sellier*

사랑은 절대적인 역설.
세상에서 가장 큰 행복을 만들 듯
세상에서 가장 큰 불행을 만들 수도 있기에.

파트리크 세네칼 *Patrick Sénécal*

"너를 사랑해"라는 말은
나를 사랑하냐고 되묻는 것과 같다.
이렇듯 사랑이란 의심하며 불안해하는 마음.
그래서 "사랑해"보다 더
너에게 건네고 싶은 말, "고마워."

브누아 세베락 *Benoît Séverac*

사랑은 우리를 보호하는 따뜻한 바람.
감싸주고 안아주고 어딘가로 데려다준다.

사랑은 강한 생명의 에너지.
너와 나에게 산을 옮기는 힘을 준다.

세반 시르바니앙 *Sévane Shirvanian*

사랑이란,
너를 생각하는 것만으로도
주체할 수 없이 터져나오는 미소.
이 미소가 나를 붙잡고 지탱해준다.

세드릭 시르 *Cédric Sire*

사랑이란, 잠에서 막 깨어난 우리 아이들의 눈망울.

로저 스미스 *Roger Smith*

사랑은 모든 장벽을 걷어내고
너를 향해 나아가게 하는 힘.

장-마크 스트레 *Jean-Marc Streit*

사랑

사랑이란
퐁당 오 쇼콜라 케이크를 나눠 먹으면서
용케 그 사람 몫을 먹지 않는 것.

니코 타키앙 *Niko Tackian*

사랑은 번잡하고 소란스럽지만
깊은 숲이 있는 땅이다.
사랑은 작고 어두운 곳을 어루만진다.
사랑은 누군가의 삶 안에서 길을 잃지만
그곳에서 자신의 자리를 찾는다.
사랑은 불조차 아무런 두려움 없이 바라보게 한다.
사랑이란, 하느님보다 더 좋으신 하느님이다.

오렐리 타르디오 *Aurélie Tardio*

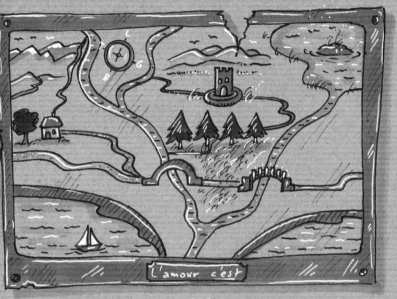

사랑이란

사랑이란

하루하루 손꼽아

그가 돌아오기만을 기다리기,

그의 빈자리를 견디기,

참을성을 보여주기,

그가 화난 모습으로 떠나지 않게 하기,

어쩌면,

그의 베개를 품에 꼭 끌어안고

차가운 침대에서 잠들며,

"괜찮아"라고 말한 뒤

그가 없는 삶을 사는 것일지도.

멜라니 텔리에 *Mélanie Tellier*

사랑이란, 홀로 죽음을 맞이하지 않는 것.

프랑크 틸리에 *Franck Thilliez*

사랑이란
서로 부딪혀
불꽃을 만드는
두 개의 부싯돌.

에마뉘엘 트레데 *Emmanuel Trédez*

사랑이란,
벽 너머
반대편에서 들려오는 소리.

한 남자가 홀로 빈 책상 앞에 앉아 있다.
벽 너머 방의 주인은
예전에 남자와 함께했던 여인과 함께
벽 너머 자신의 방으로 떠났다.
남자에게 따라오라는 초대조차 하지 않았다.
방의 주인은 자기 눈에 중요치 않아 보이는 사람들까지
초대하는 사람이 아니다.
남자는 기다린다.
몇 마디 말이 오가는 소리가 들린다.
악기 소리도 들린다.
남자는 자신의 의자에 가만히 앉아 있다.
문득, 낯선 소리가 들린다.
그는 자리에서 일어나 벽에 귀를 기울인다.
수중에서 나는 규칙적이고 강한 소리.
바로 자신의 아이에게서 나는 심장 소리.
겨우 몇 밀리미터 크기밖에 되지 않는 생명에게서 들리는 소리.

사랑은 소리다.
벽 반대편에서 들려오는
심장 박동 소리.

미카엘 위라스*Michaël Uras*

사랑이란, 우리의 아픈 곳을 완전하게 감싸주는 붕대.

카롤린 발라 *Caroline Vallat*

사랑이란

너와 내가 같아지기 위해

심장 박동을 하나 더하고

차가운 이성은 조금 덜어내는 것.

오렐리 발로뉴 *Aurélie Valognes*

사랑은 양말 같아서 둘만이 어울리고,
떼어낼 수 없으며 대체 불가능하다.
그러나 어느 날
세탁 바구니에 혼자 남겨질지도 모른다.

마리 바레이유 *Marie Vareille*

사랑은 자신을 둘로 나누어 더 나은 사람으로 만든다.

아무것도 아닌 일에 웃음을 터트리게 하고
그 일이 세상의 전부가 되게 한다.

소피 드 빌느와지 *Sophie de Villenoisy*

사랑은 너의 발자국 속에 담겨 있는 나의 발자국,
나의 발자국이 담고 있는 너의 발자국.
사랑은 함께, 서로의 안에 존재하게 한다.
거짓도, 환상도 없이.

뱅상 바그네르 *Vincent Wagner*

사랑이란
서로를 잊은 뒤에도
서로의 눈동자 안에서
서로를 다시 발견하는 것.

에르베 웨일 *Hervé Weill*

사랑이란, 두 사람이
온 세상에 맞서 벌이는 전투.

로랑 웨일 *Laurent Whale*

사랑은 용광로다.
이 거대한 용광로에 우리는 인생을 거침없이 내던진다.

벤자민 위트머 *Benjamin Whitmer*

사방이 암흑으로 둘러싸였을 때,
고통이 우리를 물어뜯을 때,
죽음이 우리의 일부를 앗아가려 할 때,
그래서 쉼 없이 눈물이 흐를 때,
사랑이란, 이 안개 속에서 홀연히 나타나
삶에 대한 믿음을 다시 심어주는 손이다.
그 사랑과 함께라면,
어떤 일이 닥쳐도
고개를 들고 정면을 바라보며 돌파할 수 있다.
그리고 다시는 홀로 추위에 떨지 않는다.

레아 비아젬스키 *Léa Wiazemsky*

사랑이란
여기서, 저기서…
아니면 거기에서 하는 것…
혹은 저기서 한 다음에 거기에서,
그리고 다시 저기에서 하는 것.
그리고 아마 거기에서도 또 하겠지?
그래.
너와 함께, 그녀와 함께, 그와 함께,
그녀와 그와 함께,
둘이서, 셋이서,
혹은 원한다면 천 명이서 함께하는 것.

카티 이탁 *Cathy Ytak*

자, 그럼 당신의 사랑은 무엇인가요?

참여 작가들의
초상화 갤러리

안젤리크 발베라
10쪽

비르지니 드망쥬
12쪽

이자벨 뒤케누아
14쪽

마갈리 베르트랑
16쪽

로랑 그리마
18쪽

기욤 시오도
20쪽

카롤린 부데
22쪽

파니 아르망도
24쪽

가뱅스
클레망트-뤼즈
26쪽

토마스 H. 쿡
28쪽

바바라 아벨
30쪽

사만다 아빗불
32쪽

소피 아드리앙상
34쪽

리오넬 아크닌
36쪽

스테판 알릭스
38쪽

카미유 앙솜
40쪽

아멜리 앙투안
42쪽

로랑 에사게
44쪽

솔렌 바코브스키
46쪽

존 바소프
48쪽

클레망스 보에
50쪽

파트리크 보뱅
52쪽

밥티스트 볼리유
54쪽

토니 베아르
56쪽

레미 벨레
58쪽

세실 브느와
60쪽

마이테 베르나르
62쪽

로랑 베르텔
64쪽

파스칼 베르토
66쪽

니콜라 뵈글레
68쪽

장-뤼크 비지앵
70쪽

자크-올리비에 보스코
72쪽

부르봉 키드
74쪽

프랑크 부이스
76쪽

아델 브레오
78쪽

앙드레 카바레
80쪽

나타샤 칼레스트레메
82쪽

헤르만 캄
84쪽

미레이유 칼멜
86쪽

카뮈그
88쪽

제롬 카뮈
90쪽

파비엔느 캉들라
92쪽

스테판 칼리에
94쪽

마누 코스
96쪽

프랑스와-자비에
세르니악
98쪽

필립 쇼보
100쪽

피에르-장 셰레
102쪽

폴 클리브
104쪽

파브리스 콜랭
106쪽

상드린 콜레트
108쪽

에르베 코메르
110쪽

다비드 쿨롱
112쪽

크리스토프 퀴크
114쪽

제시카 시메르망
116쪽

세라핀 다누아
120쪽

나탈리 도
122쪽

쥘리에트 드
124쪽

그레구아르 들라쿠르
126쪽

샤를 들레스타블
128쪽

소냐 델종글
130쪽

앙투안 돌
132쪽

알렉상드린 뒤앵
134쪽

르네 에글
136쪽

R.J. 엘로리
138쪽

프랑수아 데프누
140쪽

줄리 에바
142쪽

아누크 F.
144쪽

마농 파르제통
146쪽

파니 포세
148쪽

장 포크
150쪽

이반 포트
152쪽

클레르 파방
154쪽

카트린 페이
156쪽

마크 페르난데즈
158쪽

엘자 플라칠
160쪽

이자벨 플라탕
162쪽

지울리아 포이스
164쪽

실뱅 포르쥬
166쪽

자크 포르티에
168쪽

로렌 푸세
170쪽

올리비에 갈레
172쪽

마리 가릭
174쪽

에릭 즈느테
176쪽

이자벨 지아네티
178쪽

뮈리엘 질베르
180쪽

세레나 지울리아노
라크타프
182쪽

산드라 골리에 살라멜
184쪽

비르지니 그리말디
186쪽

로랑 기욤
188쪽

요하나 귀스타브손
190쪽

클로드 귀트
192쪽

티펜 아데
194쪽

소피 앙리오네
196쪽

조엘 앙리
198쪽

제이크 힝슨
200쪽

프랑수아 오프
202쪽

제니퍼 올파랑
204쪽

크리스토프 오네게
206쪽

에마뉘엘 오네제
208쪽

나탈리 위그
210쪽

클레르 위낭
212쪽

마리-안 조스트-코티크
216쪽

신시아 카프카
218쪽

데보라 코프망
220쪽

니콜라 캉프
222쪽

다비드 카라
224쪽

미라벨 커크랜드
226쪽

셀린 니들레
228쪽

자크 콕
230쪽

에린 코바
232쪽

나스타시아
크라제스키
234쪽

피에르 크레츠
236쪽

이리나 쿠드소바
238쪽

스테파니 라크망
240쪽

필립 라피트
242쪽

세드릭 랄로리
244쪽

리처드 랭
246쪽

니콜라 르벨
248쪽

마랭 르덩
250쪽

질 르가르디니에
252쪽

마리안 레비
254쪽

파브리스 랭크
256쪽

오드리 롤리
258쪽

메이 로페즈
260쪽

소피 루비에르
262쪽

제롬 루브리
264쪽

멜라니 뤼제티
266쪽

재키 매크리
268쪽

마드무아젤 카롤린
270쪽

말록
272쪽

로랑 말로
274쪽

로르 마넬
276쪽

아스트리드 망프레디
278쪽

이안 마누크
280쪽

주세페 마눈타
282쪽

르네 망조르
284쪽

피에르 마르샹
286쪽

프레데릭 마르스
288쪽

아녜스 마르탱-뤼강
290쪽

파니 마리
292쪽

시릴 마사로토
294쪽

미카엘 마티외
296쪽

실비 드 마튀지유
298쪽

필립 마테
300쪽

모드 마이에라스
302쪽

모드 마제
304쪽

마이크 맥크래리
306쪽

마티외 메네고
308쪽

샘 밀러
310쪽

파비오 M. 미첼리
312쪽

오렐리앵 몰라
314쪽

발렌틴 뮈소
318쪽

마리 뇌제
320쪽

아녜스 니데르콘
322쪽

가엘 노앙
324쪽

올리비에 노렉
326쪽

카롤린 오브랭제
328쪽

그렉 올리어
330쪽

발레리 페랭
332쪽

가엘 페랭 기예
334쪽

스타니슬라스
페트로스키
336쪽

디안 펠랭
338쪽

엘레나 피아상티니
340쪽

플로리앙 푸아리에
342쪽

카렌 퐁트
344쪽

로맹 퓌에르플라스
346쪽

안-마리 르볼
348쪽

니콜라 로뱅
350쪽

토드 로빈슨
352쪽

소피 록웰
354쪽

타티아나 드 로즈네
356쪽

마드린 로트
358쪽

니콜 루소
360쪽

크리스티앙 루
362쪽

조엘 뤼멜로
364쪽

자크 소세
366쪽

로랑 스칼레즈
368쪽

릴라스 세왈드
370쪽

로제 세테
372쪽

미라 G. 셸리에
374쪽

파트리크 세네칼
376쪽

브누아 세베락
378쪽

세반 시르바니앙
380쪽

세드릭 시르
382쪽

로저 스미스
384쪽

장-마크 스트레
386쪽

니코 타키앙
388쪽

오렐리 타르디오
390쪽

멜라니 텔리에
392쪽

프랑크 틸리에
394쪽

에마뉘엘 트레데
396쪽

미카엘 위라스
398쪽

카롤린 발라
400쪽

오렐리 발로뉴
402쪽

마리 바레이유
404쪽

소피 드 빌느와지
406쪽

뱅상 바그네르
408쪽

에르베 웨일
410쪽

로랑 웨일
412쪽

벤자민 위트머
414쪽

레아 비아젬스키
416쪽

카티 이탁
418쪽

마틸드와 장-밥티스트, 클레망틴, 크리스틴에게.
내게 사랑이 무엇인지 보여주신 부모님께.
사랑을 가르쳐준 나의 평생 친구
피에르, 프란시스, 필립, 앙리에게.
내가 그린 그림과 실없는 농담에
애정 어린 미소로 화답해주던 옛 제자 모두에게.
황당하게 들릴 수 있는 이야기도 사랑스럽게 이끌어준
소피, 나탈리, 로랑에게.
매순간 사랑과 열정을 보여주는 카롤린에게.
내가 그림을 그릴 수 있도록
아름다운 글을 써준 200명의 작가 여러분에게.
감사의 마음을 전합니다.

그리고 아녜스, 당신의 모든 것에 감사합니다.
당신이 없었다면 이 사랑스런 책은 존재하지 못했을 것입니다.

여전히 사랑이라고
너에게 말할 거야

초판 1쇄 인쇄 2019년 9월 16일
초판 1쇄 발행 2019년 9월 23일

글쓴이   밥티스트 볼리유 외
그린이   자크 콕
옮긴이   김수진

발행인   김기중
주간   신선영
편집   양희우, 고은희, 박소현
마케팅   김은비, 김태윤
경영지원 홍운선
펴낸곳   도서출판 더숲
주소   서울시 마포구 동교로 150, 7층 (04030)
전화   02-3141-8301
팩스   02-3141-8303
이메일   info@theforestbook.co.kr
페이스북 · 인스타그램 @theforestbook
출판신고 2009년 3월 30일 제2009-000062호

ISBN 979-11-86900-97-0 (02860)

* 이 책은 도서출판 더숲이 저작권자와의 계약에 따라 발행한 것이므로
  본사의 서면 허락 없이는 어떠한 형태나 수단으로도 이 책의 내용을 이용하지 못합니다.

* 잘못된 책은 구입하신 곳에서 바꾸어 드립니다.

* 책값은 뒤표지에 있습니다.

* 더숲은 독자 여러분의 원고 투고를 기다리고 있습니다. 출판하고 싶은 원고가 있으신 분은
  info@theforestbook.co.kr로 기획 의도와 간단한 개요를 적어 연락처와 함께 보내주시기 바랍니다.

이 도서의 국립중앙도서관 출판예정도서목록(CIP)은 서지정보유통지원시스템 홈페이지(http://
seoji.nl.go.kr)와 국가자료공동목록시스템(http://www.nl.go.kr/kolisnet)에서 이용하실 수 있습니다.
(CIP제어번호: CIP2019029530)